U0667284

尹文静/著

时光隧道

中国言实出版社

图书在版编目(CIP)数据

时光隧道 / 尹文静著. -- 北京：中国言实出版社,
2022.2
ISBN 978-7-5171-4047-4

Ⅰ.①时… Ⅱ.①尹… Ⅲ.①诗集－中国－当代
Ⅳ.①I227

中国版本图书馆CIP数据核字(2022)第027679号

时光隧道

责任编辑：张国旗
责任校对：郭江妮

中国言实出版社出版发行
地址：北京市朝阳区北苑路180号加利大厦5号楼105室（100101）
编辑部：北京市海淀区花园路6号院B座6层（100088）
电话：64924853（总编室）　　64924716（发行部）
网址：www.zgyscbs.cn
E-mail：zgyscbs@263.net

经销：新华书店
印刷：阳谷毕升印务有限公司
版次：2022年4月第1版　　2022年4月第1次印刷
规格：880毫米×1230毫米　　1/32　　5.75印张
字数：80千字

定价：45.00元
书号：ISBN 978-7-5171-4047-4

终将追求和梦想与祖国血肉相连，他的笔端必将盛开出最美的诗行。

是为序。

2022 年 3 月 13 日于北京

（作者系当代著名诗人、中国作家协会诗歌委员会主任）

目录

新世纪的钟声响起

百年风骚的旅程终结于
没有预约的钟声

新世纪的阳光之手
轻轻拂过
厚重而鲜活的昨天

多少世代将相的风流
多少神坛诸侯的显赫
一时间呼啸而出横刀立马

绝尘高手寂寞泪
这是一个热闹的百年
这是一个孤独的百年
这是一个又爱又恨
悲欢离合的百年

希冀过多少星辰升落的轮回
煎熬过多少望穿秋水的等待
随着那仿佛来自冥冥星空
又如来自心灵深处响彻的钟声
往事如烟　轻轻滑落
百年遥望的新娘依水而立
裙裾飘飞

立于这终点亦是起点的跨越
有多少梦想成真
又有多少热望陨落

立于这潮起潮落的钟声里
有多少理想的翅膀跃跃欲动
又有多少落寞的灯光在窗前点亮

可是钟声仍点点滴滴
渐行渐远

可是阳光仍在水波上舞蹈
手掌所及依然温润

可是张开的双臂仍需拥抱的勇气
前行的双脚仍需引领的信念

你在吗

你，在吗
天宇
海琼
还是我的
唇际
琴音的那颤
竹丝的那眉

都不在
在哪

涛的尖声里
涟的笑靥里

都说
万物皆有欢喜
欢喜皆有泪点

一杯茶的诗

茶翔杯底，水游茶上
茶之情绪淡淡弥漫
朦胧在指间的，何止是
你我约定的清香

在山那边，水之涧
你碧翠的青春妙龄
在云雾莺唇里层层滑过
有鸽哨布谷弹奏的天籁
有诗的韵脚平仄流淌
在成长成熟的季节里
茶女纤手轻触
瞬间便了悟了世间情愁

当我们相遇
水与茶的千年修炼
在阳光开放的午后

抑或是
星月阑珊的夜晚

将那小小的梦想注入
用一透亮简洁的玻璃杯
亦可承载凡世的茶韵人生

此刻
也许
什么都不重要

譬如曾经
譬如明天
譬如欢或泪
都将万众归一
在一片茶与水的单纯相遇里
在一杯水与茶的午后舒缓中
顿悟

纯美的抒情

——《时光隧道》序

吉狄马加

尹文静的诗集《时光隧道》即将出版，拜读诗稿之际，作为诗友为之高兴，衷心祝贺。

作为一名年轻的诗人，他身处中国改革开放的时代，投身于社会主义建设实践，是丰富多彩的生活和对缪斯的不舍追求，激发了他的创作灵感，使他坚持不懈地进行诗歌创作，并取得了可喜的创作成绩。

尹文静在政治抒情诗的创作方面，颇有收获。他的诗关注"新世纪的钟声响起"，也关注"音乐的夜晚"；他的诗中有"月光下的哨兵"，有飒爽英姿的"军装"，更有"大爱无疆铸忠魂"的海地维和英雄……可以说，一首一首都是深情而纯美的抒情。读完《时光隧道》，我对于年轻的诗人不禁有些赞叹：可谓小诗作、大情怀。

这使我联想到伟大诗人屈原，应该说自屈原以来，爱国主义情怀在历史的长河中已经融汇成为中华民族的文化基因，一代又一代中国人承上启下、历久弥新。我想，正是由于尹文静诗歌中所体现的爱国主义情愫，继承了屈原的诗歌品质，才使他的诗歌有了一种"辞约而旨丰，事近而喻远"的感人魅力——这是时代对他的召唤，是生活对他的馈赠，也是诗神对他的青睐。

作为一名热爱生命与钟情歌唱的年轻诗人，尹文静的创作实践证明，他始终以温情的目光注视世界，以纯洁的诗心热爱周遭的事物，以热烈的情怀和纯净的语言，抒发着对这个世界的爱，这是难能可贵的。

尹文静说："我用语言走路。"这使他对生活的热爱充满真情和诗意，热烈而又真挚。譬如，他的诗作"小雨系列"和《我属于海》《两毛钱的爱》等，都写得细腻、生动而感人。而诗集中的六十余首诗歌，大多不同程度地反映了诗人的亲情、乡情、友情乃至爱情观，字里行间闪现着一颗赤子之心，表现了诗人对于国家民族的担当和对人生命运的思考，他的诗歌创作也呈现出某种向上生长的姿态——尹文静的诗歌艺术之路虽然才刚刚起步，但他诗中那些正在蓬勃生长的诗歌质素，令我对他未来的诗歌创作成果充满期待。

我相信，随着诗人人生阅历的丰富、创作技艺的不断提高，当他一如既往地忠诚于祖国广袤的大地和天空，钟爱滋养了中华民族的文化传统，当他在生活和思想感情中，始

有时候

有时候

我像水一样流淌

树一样长大

风一样来去

流淌的流淌

思想般无痕

长大的长大

欲望般破灭

来去的来去

钟漏般匆匆

有些时候

我感觉流淌的

长大的

来去的

皆无实际

可是有首歌告诉我

留住所想

留住所爱

江湖北教场

一 北教场之战场

北教场
在昆明之西北
仅名头就有场之意味

味之一场便是战场
有酒就有情　有情便有战

自古有爱江山更爱美人
自古有冲冠一怒为红颜
自古有小乔大乔初嫁了
自古有躺你怀里忘记姓名
自古有只要你愿意我愿被放逐天际

战也许因一场酒
战也许因一个人

武器从不拘泥枯燥

或是一石一土块

或是一树一枝杈

皆为战神

战场由此而升腾

战斗由此而展开

多年以后重回战场

了无狼烟

只留几行潦草的小诗

和几颗青春的痘痘

二　北教场之情场

北教场

在昆明之西北

仅名头就有场之意味

味之二场便是情场

自古烟火随情生

无论是原始社会的惺惺相惜
还是来去匆匆的现代节奏
无论是环肥燕瘦的唐诗宋词
还是微信微博的隔屏挥剑
无论是沉鱼落雁和羞花闭月
还是高山流水的琴断知音

总离不开一场或有声有色
或大音无声的
传奇情场

北教场的情场很小
就在三岔口金三角的小卖部
男老板
西装革履头发滑顺往后背梳
养有两女
天生丽质眉清腮粉

这里由此成为多情之地
樱花之谷
情场在这里诞生

情焰从这里弥漫

各路英雄逐鹿不断
不同门派刀光剑影

一声巨响
半夜惊雷

高手豪杰纷纷隐退
从此绝了念想
只留有江湖传说
不时还泛起几个水泡

三 北教场之酒场

北教场
在昆明之西北
仅名头就有场之意味

味之三场便是酒场
杜康秫酒酒儿旺

青蛙青黄鳝黄

青蛙死了肚皮黄

虽然不是亲兄弟

一起滚过烂泥塘

几块臭豆腐一碟花生米

猜拳声此起彼伏

杯筹声叮当作响

总带有一起滚过烂泥塘的前缀

总是死了青蛙肚皮黄的亲兄弟

当然还有

松树高松树低

的乡间俚语

整个场弥漫了人间烟火

整个场洋溢着醉眼挑星

这场酒

一直未散

仿佛是酒香不怕巷子深的传说

深深地走进我的过往和诗韵

终归是烙印在昆明的北教场

长　城

长的
城池如我

一直往里
守护内心

像打开的河山
潮起潮落

千秋秦皇
姜女一泪
葡萄美酒
抑或是金戈铁骑
都布满玄机

泰 山

山从东启
高过阳光的峰
被天空举起的海

万仞达成的
终究是心中的山岳

一泻千里的
终究是渡人渡己的水

水为天
人为峰
水是漫过山峦的天空

黄　河

黄河之水
一望无际的水
走过

是鱼游
是莽荒之怒
是欢愉后的伤痕

是川挂云霄
是冰垂天际
还是柳絮飘度的彼岸

我从雄浑的火焰中
渐及水心
触及无法触及的
温暖与宽泛

时光隧道

多少流年韶光
多少叶落飞黄

也许是雨声的梦呓
抑或是落英的缤纷

都从这里，时光的隧道
穿越而去
你说是流光溢彩吗
还是铺满细致的温暖
都闪现着老式钟摆散落的记忆
一如慈祥的老照片
把曾经的沧桑都淹没在这温润的纹路里

那年叩问过的千山万水
那瞬间偶遇的秋雨冬雪
以及从你眼中滑落的足印旧迹

都深深映衬在这
修炼千年的等待
仿佛就在这芳草路畔牵手又擦肩
仿佛就在这桃花渡口离开又回来

仿佛是一座走旧了的石板桥
承载着南渡北归以及
天各一方的过往
忽然有舞蹈的冲动
这是老摄影师的廊桥遗梦
这是一遗无复的千古流淌

如同途经过的摇曳时光
如同流连过的山盟海誓
都在烛光灯芯中时隐时现
都在如歌岁月中坚固夯守

时光没有隧道
隧道的时光从心及心

音乐的夜晚

灯光睡了
音乐就如潮水般涌过来
穿越我经年的冥冥时空

虫子的角须抚过肌肤
空灵的跫音透彻魂灵
然后是，从每个细胞
进入内心
我白天不愿示世的柔软

一首歌词
你没摸过的
不能叫作宝石
我兜里那枚
我摸过

不是你亲手点燃的

那不是火焰
我生命中那束
我亲手
擦燃

又一个夜晚
被我亲自虚度
活下去的意义
如此丰满

一杯茶的距离

一杯茶的距离
升腾于时光的瞬息

有时
我近了
你远了

有时
你远了
我近了

茶语，心远茶亦远

你来了就来了

你来了就来了
你走了就走了

时光没有倒流
亦没前行

匆匆人生来时路
淡淡水波些许风月
没有过帆云影
亦没有佳人倒影

一条朴素的小鱼　　吐出
一个梦幻的水泡
阳光如此柔细

却是
水泡散了

水纹皱了
心绪乱了

这年轻的岁月
这洁净的往事
难耐一夏之印迹

你来了
你说
我来了

这无奈的相聚
这永远的空白

你走了
你说
我走了

时光的相隔
原该如此短暂
短暂得只够说出
来了就来了

走了就走了

时光箭一般射出
只是一闪
唇间一亮

却也是没挥手
来不及抬起衣袖

山妹子

山妹子很美

很美的山妹子有张太阳晒不黑的脸

山妹子的成长历程是写在水上

每天清晨她都对着村口的小河梳妆

有一天山妹子看到水里的自己

衣服已裹不住青春的悸动

她的脸就如插上玫瑰一样绯红

山妹子想心事

是独自一人坐在黄昏悠扬的笛声里

一如坐在惊起涟漪的小船

那样任意畅想、漂流

山妹子

在劳作归来的路上

喜欢解开上衣扣子

让风带给她凉意和美好的感觉

这时她的心事就如同她的黑发那样
临风而舞

山妹子喜欢村口的阿哥
阿哥的身子像铁一样结实
阿哥的笛声像山岚一样清新和流畅
阿哥播种的庄稼
像山妹子的针线活一样均匀整齐

山妹子喜欢唱山歌
山妹子的歌声
像山涧流水一样清脆响亮
山妹子每天都在唱歌
唱给山路弯弯　唱给小桥悠悠
唱给年年的丰收
唱给一天好胜一天的日子
更唱给村口那勤劳的吹笛阿哥

凌晨一点的思想

走过的一条条路径

像各色的毯子铺过我的来去

我没有走远

我一直坐在母亲温润厚实的手掌中

我一直是一株长在母亲地里朴实的麦子

我一直以母亲传统善良的准绳做人

一条条路来了又远去

一串串驼铃声敲击我

沉醉的灵魂

一鞭鞭疼痛抽打我

变形的翅翼

时间

二〇〇〇年十二月五日星期二凌晨一点三十八分

我刚从一天的喧嚣回归宁静

从外在的红尘回归内心

白天里总想挣脱母亲拴我的
眼角的鱼尾线
远走高飞云游四方
寻找仗剑天涯的男儿志
想离开供我养我喂我的
殷实土地
成为一穗长大成熟的麦子

我走远了
我走得很远很远

走到乡亲们都说
这个孩子有出息
我们应该用家乡纯正的苞谷酒
为他举杯
庆贺他衣锦还乡

走到朋友们都说
好样的
我们应该用鲜红的葡萄美酒
为他鼓舞

今朝有酒今朝醉

明朝气散变成水

哦！母亲

我善良的一辈子信奉

男耕女织

质朴得像门前山梁上麦地里

土块般木讷的母亲

我没有走远

每当夜深人静时

我回到了夜里

回到了凌晨的桌前

回到了你日出而作日入而息的苞谷地里

回到你被烧草灰染黑的肌肤里

接受你彻心彻腑的沐浴和

至诚至爱的温暖

接受你把儿时的柳条

轻轻地抽打在我的身上

教我善有善报恶有恶报的做人道理

母亲

我勤劳的一辈子面朝黄土背朝天劳作的母亲

我没走远

麦子熟了　玉米种了
稻谷香了　小猪壮了
门前老墙上的青苔绿了
石碾石磨时不时还沉重地转动
大年三十
放鞭炮贴门神祭祖先
吃"葱"聪明　吃"蒜"算术好
我在没有四季的城市里
掰着手指计算着节令
用家乡那有着自然灵性的土块
从酒桌下铺着一条还乡的路

一条条路
一如一段段没讲完的故事
等待着下回分解
一条条路
一如一根根盲人的拐杖
在盲人的手中牵引着我
寻找光明的心灵足迹

时间
凌晨一点三十八分

我在桌前

记下，回归……

永远的蝴蝶

你憩在我的案头
我的蝴蝶
带着三月花蕊的芬芳
流连在水一方的青春痕迹
用阳光般透明的翼翅
着墨生命的颜色
以千年的柔丽
点画我张开双手的梦姿
做了一次如你一般灵性的飞翔

一生的花好月圆
需要跋涉的脚步
我梦见你　我永远的蝴蝶
你从长长的旅途中小憩
在我清寂的诗里
我根根飘扬的黑发
向上追慕你临水而歌的跫音

你掠风而过沾满自然的浅黡
烙进了我的心里
定格了你永远的飞翔

我用语言走路

一

语言是原始人从地上立起的双手
语言是奴隶主恣意挥舞的皮鞭

语言是涌动在《离骚》里的流畅
语言是从《诗经》里走出的方块字

语言随雾气组合、弥漫再扩散
语言随岁月淤积、过滤再分化

二

语言是垒在长城上永恒的石砖
语言是垫在金字塔下不朽的尸首

语言是爬上祖父额头陶瓷般的皱纹

语言是爆发在父亲铁锤下惊天动地的巨响

语言在水中是柔和流动的
语言在记忆中是坚硬凝固的

三

语言是脉脉对视的双眼
语言是少女睫毛下那不轻易告人的惊鸿一瞥

语言是未开启的老窖
语言是未被叩响的梦中情怀

语言在夜深人静时很多
它在我的血管里挣扎流奔
语言在早晨我从春眠不觉晓中醒来时很少
是我梦呓后的最后留白

四

语言是喜马拉雅山顶的千年积雪
语言是塔克拉玛干大沙漠一天天缀绿的欣喜

语言是原始森林里一阵紧过一阵的松涛

语言是来自长江黄河的江湖传奇

语言是出没于小巷深处暖人的家常话

语言是隐匿于海底绚丽的珊瑚礁石

语言它像风一样浪迹天涯

语言它像鹰一样翱翔长空

五

语言是撞击我心灵那些不安分的翅膀

语言是走上我笔尖那些淋漓尽致的倾诉

语言是纵横乾坤的雄壮骏马

语言是流芳千古的传奇神话

语言最得意的时候一字千金

语言最沮丧的时候一文不值

六

语言是撩拨于琴弦上畅泻的高山流水
语言是芳菲于阿妹唇齿间滋心沁肝的山歌小调

语言是黑夜里微微点燃的一丝亮光
语言是三月里淅淅沥沥缠缠绵绵的细雨

语言余音绕梁三日不绝
语言春风化雨浸润荒芜

七

语言是淤积心间永远不能愈合的伤痛
语言是铺在历史上那道抹不去的泪痕

语言有时很沉重
它一刀刀雕刻悲壮和辛酸

语言有时很疯狂
它手舞足蹈肆无忌惮

八

语言是滚在劳作者脸颊上那滴
晶莹剔透咸味的汗珠
语言是犁耕在沙滩上纤夫那
深深浅浅无奈的脚步

语言有时流光溢彩扑朔迷离
语言有时家喻户晓妇孺皆知

九

语言是恶人泼向无辜的祸水
语言杀人不见血人言可畏

语言千变万化奇形怪状刀光剑影
语言浩瀚千秋博采众长无所不在

世界上通用的语言是微笑

十

语言用语言说话
语言用语言写字

语言是我的双手　我用语言感触人间冷暖
语言是我的双脚　我用语言试探人间险恶

语言被我写进了我的诗里　　畅怀
语言被我披在了我的身上　　御寒

语言被我写进了母亲
隐藏在浑浊双眼后的期盼之中
语言被我写进了父亲
醉酒吐真言后的辛酸之中

语言让我陷得越来越深
语言让我走得越来越远

一条江水无言地穿过我的诗行

澜沧江　你不是江
澜沧水　你不是水

你从一个长满庙堂圣洁高远的地方 ①
你从一条人们结群朝圣跪拜的路上
像一匹横空出世激越的天马
像一首抑制不住渴望远方的抒情诗
一路奔跑一路南下
越过春花秋月夏雨冬雪
如一场从头而至被月光浣洗过纯净的爱情一样来临
倾注进了"黎明之城"十二块坝子的心灵深处 ②

你浇灌着富庶丰饶的土地

---

① 澜沧江发源于青藏高原的唐古拉山北麓，由西藏东部流入云南，在西双版纳境内称为澜沧江，在境外称湄公河。

② 西双版纳州首府景洪在傣语中的意思是"黎明之城"，而"西双版纳"在傣语中的意思是"十二块坝子"。

滋养着宁静幽远的民族灵性

两岸葱郁一片欢声

傣家小卜哨的裙摆拂动着三月柔嫩的阳光

拍打起的涛溅之声

汲水的哈尼少女把健康的双脚

没进深及脚踝的夏日清凉

把沁肺润腑的愉悦写入明镜的双眸和深深的酒窝

瓦蓝瓦蓝的天空映照处女般的林荫圣洁

那么多美丽的隐私　那么多美丽的记忆

被你深缄于沉默的心海

你像一块被阳光擦拭过被春光沐浴过的玻璃

透明柔软地把

列队欢送你一泻南下的橡胶林相拥相惜

你翻滚的细浪像赶摆归来傣家女裙裾上飘飞的花边

那样让人联想和生动

澜沧江　你是深渊你是希望

你是生于斯长于斯与你长相厮守的人们

给你的深度和希望

澜沧水　你是性格即命运

你是傣乡人民澄清的眼神里毫不掩饰的质朴与坦诚

你是一首无字的歌

被两岸的人民用古老的织机用灵巧的双手
一天天地编织成多少春春秋秋亘古不变的眷恋

澜沧江
你穿越过一代知青用血用汗用泪水创造的神奇
又带来多少游人恋恋不舍的目光和缠绵
你将十二块坝子的涌动
将苍茫的旷野推到极致
你把一座美丽的"黎明之城"
把流光溢彩美丽的温柔之乡
一遍遍地爱抚和轻吻
你把一座横跨两岸的"西双版纳大桥"
像秋波般架延到世界各地
架进了深夜人们甜美的睡梦中
你像一阵由远及近
穿越我寻遍千山万水足迹的马蹄声
抵达我的心灵　抵达我虔诚的祈祷祝福之中

我走进一座城市
一条江水无言地穿过我的诗行投入我的怀抱
与我相拥相恋相爱相许
与我泪流满面抵足而谈

一只吉祥之鸟

从空灵的诗行中张开美丽至极的双翼

在"孔雀之乡"的上空倾吐着天穹之跫音

澜沧江　你不是江

你是"黎明之城"深藏不露而又纯净无瑕的目光

澜沧水　你不是水

你是傣乡人民在傣历年泼水节

倾洒在游人身上

为他们洗去尘俗

为他们抚去疲倦的吉祥

五月一个山村的夜晚

一个山村五月的夜晚很恬静

激情的河流在夜晚

温柔地歌唱和流淌

凤尾竹在星星的忽明忽暗中

轻轻地拨弄诗琴

竹楼里的孩子香甜地枕着

乡村五月的童话

走进棕榈树　梦的深处

从远方月光里传来的狗吠声

传达着关于乡村五月

一个夜晚的清寂

乡村五月的诗人处事不惊

他长坐夜晚的波澜　夜晚的琴丝

任诗情潮起潮落

他的笔尖触及五月的田间地角

他的诗节伸向疯长的秧苗和疯长的希望

乡村五月没有霓虹没有冰啤媚笑

人们憨厚地彼此打着招呼

从你身边走过

人们坐在午饭后的土墙上

向所有过往的乡邻

问询着耕种和嫁娶

晚归的牛羊将乡村五月

剪成一帧诱人的风景

叶子烟的辛辣　叶子烟的过瘾

叶子烟的飘逸　叶子烟的年景

叶子烟刻满岁月深深沟壑的祖父

将整个五月和多少个五月的

恩恩怨怨悲欢离合

坎坎坷坷酸酸辣辣　以及

曾经横戈曾经的当年勇

浓缩成烟消云散人去楼空的

悠悠情怀

五月一个山村夜晚的母亲

坐在温暖的火塘

算计着成熟的麦子拔节的秧苗

这是一个丰硕的夜晚
收获和播种被母亲精打细算

五月乡村的姑娘
水一般多情将夜晚的歌调
轻轻地吟唱轻轻地传送
五月的姑娘在山村的一隅
憧憬着唢呐声声
迎亲带来的喜悦和羞涩

我在一个五月山村的夜晚里
流连忘返不愿睡去
我在五月一个山村的夜晚里
想着许多与理想和抱负无关的事
比如说夕阳下的土坯房
晨风里的鸟鸣声
抑或阳光里慢悠悠编草鞋的祖母
怀里吃不完的青果　嘴里讲不完的三纲五常

新兵小羊

一　小羊的问题

新兵小羊来自飘雪的北方

他穿上 4 号的军装

在南疆当兵

饭后

战友们撇下正步、齐步

在床上梦眺故乡

新兵小羊

却偷偷地跑到操练的场上

坐在球架下琢磨

当兵站岗放哨

冲锋又杀敌

为什么还要

口里叫着"一二"

脚下一步一靠

手上一起一落

一琢磨就一个中午

琢磨不出一个味来

晚上开班会利用自由发言

新兵小羊，就说出了自己的想法

肩上有两条黄杠杠的张班长

气得直吹胡子瞪眼珠

也不知如何用言语来回答新兵小羊

这个，其实显而易见的问题

"哎，你真是新兵小羊

不走正步、齐步

哪叫当兵"

二　小羊的家书

张班长说

今晚的活动就是

统一写写家书

新兵小羊就铺开印有新兵连的信笺

拿出笔来

垫在床上、笔记本上

开始给父母写信

敬爱的爸爸妈妈

我是你们的儿子小羊

在这个绿色的方阵里

战友们都叫我

新兵小羊

我穿上绿军装扎上武装带

我感觉自己顶天立地

长高了许多

在这里唱歌要吼

吼歌必须吼革命歌

刚来时

张班长让我们每人唱一首歌

我唱了很好听的《真的好想你》

遭到了张班长的严厉批评

我的战友小朱

来自山东的大个

结结巴巴地唱了刚学会的

《当兵的人》

张班长就把他当榜样

我们这里还有女兵班

绿草丛中一枝花
她们漂亮飘逸傲立阳光

敬爱的爸爸妈妈
其实我真的好想你们
但你们不用牵挂
我现在是军人是男子汉
自己会照顾自己
好了，你们的儿子
新兵小羊给你们敬军礼

三　小羊的日记

2001 年 1 月 1 日星期一
暖阳当空　喜气洋洋
早上起床打扫卫生
因为今天是元旦
队列前
张班长表扬了我
说，新兵小羊
不怕脏不怕累
不耍滑不偷懒

其他同志要向他学习
新兵小羊要戒骄戒躁
继续保持发扬

下午会餐
桌上有鸡有鱼有鸭
还有饮料
让我垂涎三尺
但张班长没下令开饭
我们不能动筷

新兵团首长问寒问暖
亲自给我们敬酒
李政委来到我的面前
我慌慌张张放下筷子
吐出口中吃了一半的鸡块
起立、立正
张班长介绍
这是新兵小羊
来自北方却很秀气
会写诗爱好书法
李政委说

部队是个大熔炉

多向班长学习

今后必成大器

今天天气好吃饭好心情好

下次写家书

一定与父母分享

新兵连新生活的

新兵小羊的新年新气象

春天来了

春天与我一同长大
我就很喜欢春天
如同少时喜欢合作社里
花花绿绿的水果糖一样
充满了渴望和甜蜜
忽然有一天
我发现春天并不可爱

那是我长大以后的事
我在春天里忙于生活
错过了鲜花和溪流
甚至我认为
鲜花就像长大的脸一样
虚伪地笑
甚至那些叫作春光明媚的东西
也像酒场后的肉片

我疲于奔命

寻找驿站　寻找没有风雨的屋檐

寻找一只小小蜜蜂

可以酿造甜蜜的蜂巢

春天并不可爱

但我却很想与春天一同长大

长得高高的

长到秋天

天高气爽

长到果子可以爬到我的肩上

红通通沉甸甸的喜悦

一如春风拂过的年少的渴望

如同我看见玻璃柜台后面五彩斑斓的童谣故事

我的又一次告别

是的

星星

23 点 23 分昆明站空空的站台上

远远的路灯

一颗颗寂寥的星星

这是我的又一次告别

与两位又一次被那长长大铁箱子

带向远方

我陌生地方的朋友

告别

告别不需要理由

不需要诸如天下没有不散的宴席

之类的借口

可告别有眼泪有遥远的无奈

需要抬起手来挥挥

说声珍重

然后像徐志摩大师一样

潇洒地转身

不带走一片云彩

是的

星星

3月9日星期六23点23分

昆明站空空的站台上

有点寒冷的天空下

远远的路灯

沿着两根枕着木条的钢轨

一路排开　一路

像一颗颗清冷的星星

让我有些恍惚

有些不相信世间的眼泪和悲欢离合

这是我的又一次告别

告别只是一个小小的梦和不经意的玩笑

星星眨眨眼睛

我们就陷入其中

并不停地挥手说再见

星星又眨眨眼睛

我们就会醒来
我们醒来太阳出来了
他们　我们送行的人
抵达了他们该去的驿站
我们　去送行他们的人
又回到了起点
旋转　奔跑　使劲生活

我们没有告别
我们仍然在同一片天空下
旋转　奔跑　使劲生活
抑或举樽一醉　抑或对月相思

我的又一次告别
随着人们说的汽笛一声响的意境
就结束了

结束了就结束了
结束了就该往回走
往回走时我的心情
同样有些沉重
些许失落

结束了

昆明站的夜空响起音乐

像风一样凉凉地钻进我的心窝

铁轨两旁的路灯的星星

眼睛般盯着我

含情脉脉泪眼婆娑

使我努力地想起许多往事

许多该告别抑或不该告别的往事

又一个夜晚来临

我的诗在日月之上
我的梦境随黑夜下沉

一棵小草的舞蹈
开始了山冈的宴席
或风卷残云饱受饥肠之苦
或醉酒当歌尽吐未酬之志
抑或清唱琵琶半遮面的羞花闭月

一百个赴宴的理由
有一百种琳琅的心情
一百种琳琅的心情
品一百味真实的人生
一百味真实的人生
终归是烟消云散的一场游戏

都说天下没有不散的宴席

都说又一个夜晚的来临　是
又一次沉浮不定的远行
仿佛坐看落日长河之上
都说逝者如斯夫
"红女白婆，沧桑瞬间渡"

我打马而过的仿佛是
黑夜里的一座座城寨
仿佛是一幕幕海市蜃楼
它们像舞台后萎落的花瓣
它们像多情后开启的裙袂
它们像凄美后飘飞的秋叶
仿佛是一颗颗不断下坠的流星
真切地刺痛我的善感
又梦境般隐遁和逃弃

与夜晚的对话

（时间：2001 年 9 月 30 日凌晨 1:22。地点：寒舍卧室。人物：
我与夜晚。内容：畅所欲言，随心所欲）

我坐在夜晚的对面
我与夜晚触手可及抵足而谈
我与夜晚用一杯澜沧江啤酒相酬
然后搭着肩膀拍着胸脯敞开心怀说话

夜晚
我知道你是我的兄弟
我们的共性
就是沉默和宽容
就是可以让月照让虫鸣
让星星点灯让百姓欢畅
让满腹心事醉酒的人
找不到回家的路
让白天的事在夜晚发生

让白天的话在夜晚说出
让谎言回到真实
让虚假摘去面具

混蛋回到夜晚也有泪水
硬汉回到夜晚也有柔情
拒绝融化的冰回到夜晚
也是一汪多情的水

不管是达官还是布衣
走进夜晚都有同样的心事
同样的语言
同样的思念
同样的礼遇
同样的精神家园

我
我知道你是我的兄弟
只有坐到你的对面
我才找到自己的自己
只有躺在你的怀中
我才有旖旎的梦想

管它三千红尘

还是桃李情愁

感情浅舔一舔　感情铁喝出血

喝了！夜晚

酒肉穿肠过　佛祖心中留

让心灵回到一张白纸

让世界变成一盏烛光

让思想长成一条河流

一切都从我们的谈话开始

仿佛一个新生的婴儿

在夜晚分娩在夜晚诞生

心事就在夜晚变得很纯粹

多余的杂念被夜晚驱逐

人性在夜晚如城池般落成

夜晚

我知道你是我的亲兄弟

我很清楚

你不欺骗自己的良心

不出卖自己的情感

我是夜晚你的兄弟

我是你肚里的虫　我是你逃不脱的眼睛

在这个欲望横流的时代

在这个光怪陆离的世界

在这真真假假假假真真的人群

兄弟，咱们不害人也不设防

我

谢谢你的肝胆

我知道你　夜晚，我的兄弟

你让白天回到夜晚

你让太阳回到月亮

你让思索找到空间

你让忏悔有了方式

你让荒芜生长鲜花

你让芳草绿遍死谷

你是迷途知返的先驱

你是人性未泯的回归

你是毁灭后的再生

你是包容的包容

夜晚，我的兄弟

人生百年南柯一梦
最哀莫过于自欺欺人
最乐莫过于知足常乐
最悦莫过于尊重内心

夜晚，我
我沉默地坐在夜晚的对面
夜晚与我抵足而谈触手可及
我抬起的酒杯
静在手里停在夜里
欲言又止呆若木鸡

月光下的哨兵

是谁把那轮圆月挂在树梢
辉映我皎洁的心穹
是谁把那竹笛奏响了
勾起我那线走远的情愫

老墙内有那泛绿的青苔
院落内有那恬静的柴火
记忆中有渐行渐远的小桥人家
梦中有悠长悠长的唤儿声声

是边关山水的召唤
是绿色长城不辞的责任
是边疆溪流的安然
是界碑那不容侵犯的尊严

我在月光的流泻下
我在与国土脉搏相连的岗哨上

腰板挺直　目光锐利
扛枪昂首　心中无怨

小雨的诗

小雨湿透了老屋的青苔
湿漉漉的情感
疯狂地漫延
在潮与潮之间
我们骑上了人生的快马
瞬间便是春花秋叶

燕子轻叨经年旧事
小雨酥过了
绿草探出了头
在田野里奔走相告
春风的消息

小雨的脚步

小雨轻轻走过
夜的琴弦
脚步之声
天籁之音
顷刻让心灵温润

雨打芭蕉
点点哀怨
一眼的秋水
藏不住的世间情愁
在弹指间烟飞花落

小雨的雨伞

"一个丁香一样的
结着愁怨的姑娘"
撑着小雨的油纸伞
走过寂寥的雨巷

小雨的雨伞
挡住树梢的纷乱
遮不住淡淡的惆怅
总是擦肩而去
青石板从我心路铺过

小雨的笑靥

笑靥如花
栖居发梢
不忍去打扰你的宁静
你轻轻飘落
淡淡的凉
淡淡的甜

一眼惊鸿
瞬间的灿然
从指间滑落
当雨相逢夕阳
心温暖
泪温暖

小雨的至纯

小雨的草地翠绿如染
飘零着几朵
红或黄的小花
粉嫩如小花的女孩
追逐着小雨的气息
采撷着一朵两朵的小花

送给爷爷奶奶的
送给爸爸妈妈的
送给未来美好的
小女孩忽然欢欣雀跃
妈妈，我采到了小雨

小雨的池塘

池塘边的
榕树上
小雨弹奏
水波微颤的酒窝
蜻蜓飞过

我要落下去
我的池塘
我的酒窝
我深深的
寂寞的
梦的衣裳

烟斗中的岁月

绕过那竹编的陈旧栅栏
守园的老人以风当枕
在烟斗里飘逸怀想
一只昆虫正在苹果的树叶上
度量着心的距离
忘情的诗节疯长
一页页在三月花的芳香里翻阅
像父亲犁过的土地
松散着许多的希望
复又孕育炊烟般袅娜的魂灵

趿着鞋在岁月深处清闲的老人
怀念过去就像喝葫芦里的米酒
轻轻地走动是不想把黄昏踏破
怕晚风勾引心中柔软的岁月
再次弥漫年少时的遗憾

老人就这样
枕着风吸着叶子烟
思绪来来回回地穿越
不着边际的感念

我的诗写在春天

我的诗是写在第一抹绿点缀枝梢的那天

长大的句子催我抬头仰望星空

一如你深深的眼眸浩瀚辽阔

露珠从草尖上走下

沁进了三月干涸的等待

当我从黎明前的光亮中醒来

看见那颗寂寞的星辰还在

我才了悟距离也许就是永远

如同那净洁的语言再次擦亮

熠熠映照一灯烛光下的格子诗笺

又有许多春天的萌动

仿佛是从我笔尖滑落的嫩绿

在灵魂深处游刃有余的冲动

洗礼、锤炼、再生

点燃一场火苗　烁亮的离离原上草

期盼着一汪春风吹又生的新的泪光

青苔情缘

打我赶马走过一座城池

走过那鞭长莫及的诗歌

我就开始学会用脚说话

用母亲分娩时的阵痛表达

许多不能言喻的情感

虽说同样阳光的生长

同样晃动的身影

可同样的背景下

又有许多的不同的无源之水 和

许多不同的无根之树

在那些差距的梯级下

我就不得一次又一次地学会忘记

抑或给自己一个适合而虚伪的理由

那天在我的马蹄下有许多蔓延的青苔

有一路的芬芳

青苔在背阴且潮湿的地方

有人说在背阴的地方一切都停止了生长
可是我在背阴的地方看到了蓬勃的生长
青苔一路绿着
像水一样喜悦地生长

脚跟不稳的人是不敢涉足青苔的世界
因为青苔会让许多豪言壮语滑倒
心中没有光的人也稀于试探背阴的梦幻
只有我喜欢那种滋润
喜欢那稀为人打扰的情感

那千年的桃花
正通过青苔的甘甜
灿然地开放
和着水灵
沐着鸟鸣
等待着我的马蹄声和没有韵律的诗句
抵达在别人说没有生长的地方
通透清亮

一支笔沉浸在今夜的灯下

山冈的早晨从露珠上消失

小草的诺言一片废墟

一支笔在宋词汉赋里舞动

犀利的目光从远处伸来

镀亮了昨夜呓语

阳光竖起光丝折射美丽的诗句

那些未曾谋面的时光

在冬雪里努力向前

一路踏歌而起

流溢于生命透明的敞亮

我从人们的视线里走失

走失在子夜的星光下

没有呼啸而出的文字

亦没有空中楼阁的掌声和鲜花

曾一度擎起的辉煌

经过一支笔的勾画已成为过往

今年燕归来早
破土而出的诺言消亡在早春的雾气里

一支笔沉浸在我今夜的灯下
为什么不是盲人的拐杖
而是一支笔
是一支笔如盲人的拐杖
试探着人间冷暖

为什么不是士兵手中的枪
而是一支笔
一支笔如士兵的枪
扣动扳机今夜应声倒下
一切归于沉静

却是一支笔
在今夜的灯下
牵引着我走出了忧郁的丁香
走出了油纸伞的小巷
走近今夜灯下的火苗的映照

十月与收割有关

十月与收割有关
父亲以何种虔诚的身姿
在阳光下和稻穗对话
父亲锋利的镰下
十月的稻浪哗啦啦地响
像父亲的孩子一样听话地躺下

城市也在收割之中
有无数的大厦一夜之间
在觥筹交错人尽欢后落成
我预言随着我诗句的迷失
许多美丽会在收割后的十月
纷纷沉默

十月与收割有关
手掌中铺陈的纹路
是十月金黄大地上

我的方向

在十月高远的天空下

我打开诗集

撇开收割

却在等待一场无声的雪落

我属于海

落叶飘飞之中季节更迭

海滩上的一枚海螺

孕育、发育心事

涨潮的春江水漫过

阳光之额

把这永生的种子及相思种进海中

让那与生俱来的冷漠燃烧

燃烧几千年沉静的水纹

燃烧那熠熠生光的诗句

燃烧那退潮后的遗留

他们本该属于海

属于汹涌澎湃的浪潮

那奔腾的波澜海涛

让我们踏节而歌

让我们彼此拥抱

碰撞和生长火花
为何将我们留下
在这没有运动和撞击的海滩
让我一颗远行的心搁浅

我企盼着那朵早潮过来
将我带向浩瀚的大海和飞跃的浪尖
我坚信我注定是一片奔腾的海

今 夜

夜幕橡皮擦般篡改了白天的诺言
黑暗躲在门后
雕花漆彩的脸庞
是十二块大理石的梦想
我用茶水浣洗了一天多余的时节
然后摊开一卷旧书
随意找出一行句子
比对此时宁静的心境

那些不合脚的鞋子
早已清理出局
此时的光脚惬意地搭在凳沿上
与流连夜晚的思绪抵足而谈

我的十指
纷纷打开又合拢
像扑朔迷离的花儿一样开放

计算着冬去春来
那一场场秋叶的飘逸和告别
在这个被白天遗忘的夜晚
没有标点和音标

身边只是如此
茶叶的归宿是
泡在被别人淘光了果汁的罐头瓶
和一只不爱闹的钟表
它们各自行走
又各自沉默

今夜无诗
如同无梦一样

军 装

军装跟战争有关
战争中破碎的军装
仍然覆盖着受伤的土地
让那幸存的小草
免受战火的灼烧

军装与和平有关
身穿十八郎
英姿豪爽
彰显着和平与安详

军装与绿色有关
绿色的生命
在春天流淌
流淌着欢歌和芳香

军装连接着

孩童稚气的笑　和
母亲温暖的臂弯
以及佳人的良宵圆月

军装与祖国有关
和平时
军装很温润
是点缀河山的时装

捍卫尊严时
军装很硬
是守护寸土的铜墙

军装与我有关
我是固守国门的战士
青春写在界碑上
生命与国旗共飘扬

守　望

又东风的小楼
思绪疯长
影子伴我
吞食寂寞之殇

何时了的孤独
踽踽于黑夜的边缘

像那爬上墙头的藤蔓
守望着远去的目光
谁能抹去那些夜晚的欲望
还有那打开又合拢的梦呓

注 定

注定要走的
注定要说的

我是那条
流经你窗前的小溪
我是那段
用鲜花铺满你眼底的小径
我是那缕
在你发梢流淌的月光

你濯足我欢歌
你凝眸我沉醉

我注定是你的海
在你扬帆的港口
等你归来仍是少年

一一亮过

我背过阳光直接切入人生底色
那些早年活跃的笑容
一一亮过　一一熄灭
就如同酒后的问候
从人们鲜红的唇际
溜出又溜进
终究没有留下更多的气泡

我蹚过如水的灯光
那不成篇的天空
被光圈一次次眩晕
秋天在一个清幽的夜晚
皓月明朗星光乍现
远处的麦苗一片摇曳
一一熄灭　一一亮过

我的笔尖倒下

许多鲜为人知的气息
莫名让我温馨

我的笔尖倒下
落进了一片沙滩
四周有退潮后的鱼儿
扑腾着挣扎在最后的阵地

我躺着的笔在唇间写诗
让那些飞溅的浪花回来
和拍而歌

我的笔尖倒下
跟怯懦无关
亦不是投降

那是因为前行的诗行

有时也需要放下的姿态

秋天的叶

只为了一次飘逸
你放弃了珍惜
以起飞的姿势立于风的唇际

流浪是你宿命的追求
回归终究是必然

你肆无忌惮地旋转
歌声飘零
吻过的脚下的土地
至此一别各向天涯

青春密码

你的长发随风
像点燃的火
迷人的诗行

一字鸿雁北归还
点拨了天空的心事

无法破译的符号
在灯光的丛林里
被你的惊鸿一瞥
落花缤纷般

——显露
总是为的容颜

转身潮起

你转身如雾
在风后流泪

随季节的了悟
此潮彼起
盛开忧郁

你故作高深地走过
一段没有距离的遥远

无须说
其实懂
如你秋天的眼睛

走　过

我是走过你的月光
走过你缄默的目光
穿越冬天的最后一场雪花
抵达春天的意境

草长莺飞诗意盎然
提起笔来
却不知该收割哪方表情
来与我的念想押韵

一些抒情的语句
托着我的惶恐
在汹涌的浪潮中漂流

蝉声在午后响起
那生命的丛林里
蝶翼翩飞　唇启如花瓣

岁月之门

我没有金币和行李
赤裸地走向岁月之门
披肩的长发不能证明洒脱
四周的风声胡乱敷衍
伤害善良

天逐渐昏暗
夜的翅膀扇动着新的阴谋
和平的能量奋力补救
我与忠贞是刎颈之交
此时尽管我憋足了勇气
也冲不出岁月之门
去解救怯懦和苦痛
山高了又矮　矮了又高
踏雪的人来了又远去
扬帆的桨划不时搁浅
为了那分傲气不愿喧哗伤痛
像宣誓的男儿流血不流泪

泪水总是吞下在夜晚的沉默后
热血浩瀚在奔跑的风声中

相拥的目光默默相依
放纵的河流吞食了诺言
村庄和城市让相扣的食指分道扬镳
从心的此岸向彼岸

上有桥下有摆渡的舟楫
摔打一生的老翁在斗笠下
闲看小桥流水的平常时日
那时诗歌像只青蛙
蹲在芦苇中羞于出声

我转身仓皇离去
知晓来路的不善和悸动的心
最终包扎的还是自己
喘息的机会很少
葡萄美酒方还在前方
欲饮琵琶却又在身后
催促起身的信念
赶往远方的岁月之门

轮　回

月光梳理着乱蓬蓬的梦
亦步亦趋的心情
窒息的冲动游走于星空
天边有闪光的声音聚合绚丽
犬吠之声惊得世事颤动

昨天我刚学会的舞步
尽管我笨拙得令四季刻板
我的心此时也正在律动

第一次如此投入
像刚学走路的孩童
总想抓住阳光下飞走的蜻蜓
抑或是一种新的生机
在石头内部根植芳菲
苦思之弦月清之夜拨动
玄妙的韵脚踩坏了睡眠

整个夜晚魂不守舍

浪迹于手抄的诗集

多年隐居于世外的情分

了悟于昙花凋谢的瞬间

失去和拥有同步进行

荷锄而去的田翁孑然长空

荒雅的草居遗世独立

拒绝平凡总是平凡

平凡的过往总也无平凡与卓越之岭

一日三餐的人间烟火

吐诗纳墨的放飞沉浸

星辰饮露的不同凡响

过往的风不合拍地凌乱

嘲笑的天空流下了泪水

那傲立的执着

不再向尘世屈尊

该原谅的没有原谅

该宽恕的挥手了之

好人祈愿一生平安

红颜渴望牵手一生

只有自己在越来越少的人群后面

执迷不悟地坚守

被岁月错动的牙齿

噬咬的美丽

只有回到故土向阳的山坡

晾晒潮湿的心情

才找到自己的起点

才明了自己向往的终点

楼前的阳光不懂楼上人的心事

楼前的阳光不懂楼上人的心事

灿丽地竞相开放

开放在翠绿的枝头

荡秋千般闪晃时光

亦如水波温柔地滑过我的唇际

想说呀　想说许多终未言语的话

心殿的小路长满了丛生的野草

我喜欢这样的荒芜的寂静

我喜欢这种没有舌头和眼睛的地方

我可以编织任何一个理由

一个可以歇脚不努力的理由

让自己在冬天的翅膀上

空灵地飞腾

白色是最丰富的

一种近乎虚无的丰富

鸟瞰着我那角度各异透明的诗歌

从远方山泉般流淌

楼前的阳光不懂楼上人的心事

他深居简出

陪着彻夜的烛光

他不去华丽的商场

也不到霓虹下去玄虚

他要沿着烛光的亮

去长满野蒿蕨的山涧

躺在野火烧不尽的绿色里

看恬静的小鸟与晶莹的露水对视

打开那敞亮而清澈的世界

还有树下的蚁群

拖着那经不住诱惑扑火的蛾子

走进他们的厨房

去享受又一次可笑的历史的展览

楼前的阳光不懂楼上人的心事

因为阳光是阳光　心事还是心事

依风而舞

穿过潮水的鼓声

无法言喻的激情

足球般射进诗行

夕阳网进星光

吟哦着震天的号子

高飞的翅膀安静地垂下

彝家的马帮驼铃声声

冲飞的火把照亮拔节的稻穗

丰收的喜悦闪过妹妹的课本

文明向远方跋涉

在夜的神秘下

芦笙悠扬欢声四起

对襟的衣衫遮掩不了

沧海桑田的古铜胸膛

纵横跌宕的茶马古道
都在坚实的脚下

我们击鼓而歌
我们依风而舞

荒凉的不再孤寂
孤寂的不再荒凉

一个民族擎起的天空
承载远古和今昔

和风而歌

走过三月心形的日子
桃花之雨落英缤纷

古典女子肩伞而依
映衬了一春的花好月圆

不知是谁吹奏的箫管横笛
忽然从花蕊间飘逸而来
让我觉晓在春眠之夜的
雨打芭蕉意境之中

山野的露珠晶莹剔透
千年的等待孤独伫立
擦肩的路口仍然向远方

我用心写下的春意盎然
瞬间落红

弥漫天际

我藏在眼睛后面
赋风吟雨游走四方
不知明天的黎明
黑夜和山川
谁先抵达我的诗行
谁先让我和风而歌

两毛钱的爱

请原谅我
只能掏出两毛钱
买张小小的邮票
把写给你的诗和我的爱
投进绿色的邮箱

让两毛钱的邮票　和
那散放着墨香的邮戳
带着我的纯洁
千山万水穿越时空
向你而近

然后
我就躲在月光下的夜里
想象着你拆开信封的欣喜

那时就这么简单地快乐

那时就这么快乐地幸福

时光琴弦

是谁的声音让我高高扬起
阳光里向上的眼眸
枝叶间倾泻的天籁
让鲜艳的玫瑰纳芳吐蕊

三月的柔软从小草的歌唱开始
年少的梦境从星辰里出走
一个影子从岁月的背后飞驰而去

我坐看云卷云舒的海边
从天际过来
渔歌唱晚的小舟
在金灿灿的霞光里随波律动

那些时光的琴弦总是在
回望的脚步中
高山流水

一起数过的日子像沙一样
纷纷在风中撒漏
没有人能捂住指缝间的秘密
终究像一首经年诗行
遗忘在发黄的格子信笺

当我再次来过
那场风还会吹过我的耳际
扬起柳树的满城飞絮
那场下过的雨还会淋湿
满目的希冀吧

深藏在夜的黑

我用尽毕生的激情
解读你深藏眼底的爱恨
我耗尽所有的情恋
与你抵足而谈
我总是感到从未有过的乐音
在唇间的琴弦上弹奏
像山涧的泉水叮咚流过
一夏的清凉的胸口
哦，我的夜
你是天堂你是深渊
你是深深的夜黑黑的夜
你究竟蕴藏着多少魅力和诱惑
我甚至经常望而却步不敢迈入
因为在你深深的夜里
没有尽头没有归路
更是没有方向和理性
一如我承受不了语言的冲撞

毅然扑向了诗句
一如流星承受不了远方的火光
毅然划过了夜的亮光
这无疑是一场灾难
又无疑是一次再生

可是于你深深的眼滩
怎能走出渴望的荒漠
冥冥之中的注定
逃不过黑夜的预言

那就让这神秘的夜
这样黑着
别惊醒熟睡的梦境

写在立秋

立秋雁南归
天高意远蝉声寒

从一叶飘落
我的燥热就转凉和缓
了无心事的横舟
放缆渡口的风呓里
水纹的细语
轻泗四开
把春心夏语的过往
细谨地藏在
岁月的指缝间

一夏远去
秋之碧空的灵动
一曾散落的时日
在煮茶温酒中

弥漫聚集

依山而望　秋风辽阔
把寂寥的成熟　和
天际的朦月
折进那叶红透的枫笺

立秋已至
把所有的欢喜与忧愁
都当作昨天的钟摆
让它在回声中消磨
只留下立秋后的
云天收尽
从容坦然

转身边防

剑歌易水奋沧溟

阑干重凭八千里

边防时日的每一山每一水

都声情并茂地在那身橄榄绿里

拥过的界碑依然屹立

恋过的五星红旗依然飘展

站岗巡逻的国门依然巍峨

蜡梅暗香边防远

边疆的小草绿了又黄

界河的水流从未放弃歌唱

锃亮的钢枪高过天穹

边防哨所与国同辉

新兵老了走了

老兵走了新兵来了

我的二十一个春秋的坚守

依然还在眼前
仿佛就是昨天

一转身已芳华
从橄榄绿到藏青蓝

一回首已泪目
从韶华到韶华

坚固的国门依然高昂
戍边的剑气依然纵横

请祖国放心
我们都在
边防安泰

芳华已绽箫鼓起
新征待航旌旗飘

马放南山

那天我经过你时
你作为一匹马
一匹马放南山的马
闲情地在山坡一隅
吃草或者眺望

我的车子经过你的一瞬
现代的速度和奔忙
与你的闲致和坦然
是鲜明的两个极端

也许你曾也有骏马奔驰的飒爽
也许你曾也有埋头拉车的向上
也许你曾也有追逐梦想的豪气
也许你曾也有爱恋异性的青春

可是你的此刻

在马放南山的暖阳里
咀嚼着那些随风而逝的记忆
一如翻看别人的故事

你作为一匹牧放南山的马
站在山坡一隅
你是风景还是我们的向往
我无从猜想
但是我知道你马放南山的
有着些许从容和些许落寞

洱海，干杯！

苍山之山
洱海之海

云在山顶
海在山脚
酒在杯中

我们喝的不是酒
是苍山的容颜
是洱海的气息

我们喝的不是酒
是曾经的过往
是一吐为快的酣畅

我们喝的不是酒
是抬头的星辰大海

是低头的月光满杯

未来还未来
明天与今夜相隔甚远
远就让他远着
今夜不想天明

温润的酒与可口的故事纠缠
可口的故事与温润的酒淋漓

心事无声地落在酒中
月色微醺地化在故事里

今夜
就用故事下酒
用酒下故事

今夜
就用容颜下酒
用酒话下酒
用月光下酒
用李白的"人生得意须尽欢"下酒

用柳永的"杨柳岸、晓风残月"下酒
用王翰的"葡萄美酒夜光杯"下酒

今夜，随手一抓
就是满杯美酒
洱海，干杯！
干杯，洱海！

今夜今夜
干了！干了！！

箭　情

你的旅程
如同射出去的箭
风声在弦
思念在心

那跨越长江黄河的遥望
竟如此迫切
心急如焚地
数着夜的夜
细数着你的归期

今天你要去草原

让草原的苍茫栉沐你的韶华
让草原的寂寥开启你的流年

让草原的骏马奔腾万里
让草原的箭啸直击长空

让我想象着
草原像那片海
清凉地撩拨着你的长发
亲吻你梦的唇际

这是多么美好的一件事
仿佛我也在草原
仿佛我就在你来时的路
仿佛我就在草原腹地的草尖上
吮着露珠等着你的
那句低吟浅唱

沱江，沱江

一

沱江
你流你的
我喝我的
互不相干

昨夜
你抽你的
我喝我的
息息相关

烟飞
酒尽
一起向远方

你问我

干吗呢
我说写诗

你说写诗重要吗
我说
写诗有你重要吗

二

沱江醒了
我醉着

沱江醒来时平静地清理昨夜的细节
没有什么事可以影响
沱江的心情
比如说昨夜的醉里挑灯
譬如说今晨的雾里看剑
比如说昨夜的梦回吹角
譬如说今晨的塞外声声

仿佛都是从很远的地方
走近又离去的鼓角

与此无关
醒着就是最好的醉

事事相关
醉着就是最好的醒

譬如今晨
醒的让他醉着
醉的让他醒着

互不相干
多好的和谐
多好的今晨昨晚

三

沱江是你的
也是我的

终归
是船的

船行无迹

沱江无形

江湖深藏

小　桥

你在河上
河下暗流涌动

我在桥上
桥上流云飞度

诗

手语告诉手语
手语暗示手语
只有手语懂手语

左手的手语
右手的手语
左右手的手语互通有无

我的左手和右手
小指紧紧相扣
我的右手和左手
拇指相互盖了章印

拉钩上吊一百年
以左右手的拇指盖章为准
一百年不变

这童年的许诺
这单纯的方式
这一百年的不变

我的左手和右手
亲密无间
我的右手和左手
相互表达

手语向手语倾诉
手语与手语相思

仿佛两片嘴唇
我的上唇与下唇
合拢又张开
这开启间的秘密无人能知

仿佛我的两根小指
紧扣又松开
仿佛我的两根拇指
盖章又分开
貌似影随又神如形离

大爱无疆铸忠魂

——写给在海地牺牲的维和英雄

一 李钦：传奇硬汉国为家

（李钦，原云南边防总队司令部参谋长，分别担任中国第六支、第八支驻海地维和警察防暴队政治委员、党总支书记，武警大校警衔，2010年1月13日在海地地震中牺牲）

2010年1月21日
李钦，这名名震中外的传奇硬汉
"回来了"
回到了云南
他曾战斗的热土
可这种"回来"
却让战友们泪流满面
揪心疼痛

这位特种侦察兵出身的硬汉

经历过边境作战血与火考验的硬汉

在他人生字典里

从来没有"畏惧"的硬汉

他用忠诚、勇气和血汗

立下了赫赫战功

书写了传奇人生

他是常年战斗在缉枪缉毒一线的边防勇士

他曾冒着生命危险

转战泰国、缅甸、老挝

成功将一个个国际大毒枭缉捕归案

在世界缉毒史上写下了辉煌一笔

2007 年 12 月

他受命出征

维和海地

他以高超的军事指挥能力

大无畏的精神

攻无不克、战无不胜

创造了一个接一个传奇

危难之际

他带领中国防暴队奉命平暴

他蓝盔荷枪 25 分钟

强行破障果断反击

解救一家五口绑架案

写下中国维和防暴队的大手笔

武装巡逻

现场警卫

解救人质

重大活动保卫

出色完成各项高危勤务维和任务

联海团赞誉

你们的表现

足以让你们的国家和人民

为之骄傲和自豪

首次出征

面对多次生与死的较量

完成了零伤亡、零违纪、零退返的纪录

实现了把大家带出去

就要一个不少地安全带回国的承诺

军人以服从命令为天职
世界和平是中国担当的责任
2009 年 6 月
他再次义无反顾二次奔赴海地

直到生命的最后一刻
他仍是张开双臂
保护着身下的战友
完成了他最后的担当
永远凝固在地震废墟上的大爱

他是一位真正的英雄
真正的硬汉
他用自己的生命续写了传奇和光辉

他的名字将永远铭刻在
祖国的历史丰碑上
英雄的硬汉子李钦

二 和志虹：铿锵玫瑰志如虹

（和志虹，第六支、第八支中国维和警察防暴队联络官，原云南边防总队昆明边防检查站执勤业务二科政治教导员，武警少校警衔，2010 年 1 月 13 日在海地地震中牺牲）

此刻
窗外的阳光依然灿烂
却又十分惨淡

此刻
我的脑海里
依然萦绕着
她灿烂的笑容
自信的神情
谦和的姿态

谁都想好好活着
享受花好月圆
可是她为了圆一分世界的和平
为了践行一位边防女警的铮铮誓言
远赴海地

完成了一生夙愿
江河哀思
风亦流泪

不说再见和志虹
共和国的丰碑上
烙印着她的不朽功勋

猎猎飘展的五星红旗上
有她用生命谱写的卫士风采
"于大千世界，
我也许只是一根羽毛，
但我也要以羽毛的方式，
承载和平的心愿。"
这是她对祖国
对世界和平的
一份至高的承诺

"没有这段难忘的经历，
真的不知道和平有多么可贵！
我早就把自己托付给了祖国，
即便是第二次、第三次维和，

只要祖国召唤我义无反顾……"
这是一名边防军人
一名维和防暴队员
刻在骨子里的忠诚

"我又不能当一名称职的母亲了。"
再度出征前
她亏欠孩子
却给了全世界一分母爱
作为防暴队联络官
她将营地十多名海地学生
召集在一起教授中文
防暴队营地朗朗的读书声
诠释了一名母亲的大爱
当学生们用当地传统民歌以表谢意
每当海地的孩子看到中国国旗
竖起大拇指说"中国，很棒！"时
她感觉到了作为一名中国人的伟大和自豪

她说
国大家小
在家只能照顾一个孩子

在防暴队执行国际维和任务
会让更多的孩子得到安宁
甚至保住生命

这就是一位母亲
用生命为世界谱写大爱的母亲
铿锵玫瑰和志虹

三　钟荐勤：天堂没有子弹划过空气的声音

（钟荐勤，中国第六支、第八支赴海地维和警察防暴队宣传官，
原云南边防总队政治部宣传文化处正营职干事，武警少校警衔，
2010 年 1 月 13 日在海地地震中牺牲）

你的新闻战场
是真正的"战场"
你在硝烟弥漫的战火中
手持摄像机
用生命在记录着每个场景

"钟，你是在玩命。"
外籍维和战友如是说

然而，他的回答却是
身为宣传官
这就是我的战场
我的职责就是用我手中的摄像机
忠实地记录
包括每颗子弹划过空气的声音

这不仅仅是一种豪气
更是一名维和新闻战士
大无畏的精神和职业操守

为更全面记录防暴队员的勤务
他要比其他队员面对更多的危险
在每一场战斗面前
他带枪的手还得不断地按快门
这等于放弃了对自己生命的保护
参战战友们如是说

因此他被战友们誉为
装甲车上露出半个身子记录枪战的宣传官
总是冲在最前面的新闻战士
快枪手钟 Sir

有朋友问他

回国最想干什么

他实话实说

那就是不用穿防弹衣和戴防弹头盔出门

现在他再也不用穿防弹衣和戴防弹头盔出门了

因为天堂没有子弹划过空气的声音

斯人已去

怀念连绵

唯有情牵

始终在战斗着的宣传官钟荐勤

注：李钦、和志虹、钟荐勤牺牲后，国务院、中央军委追授三名同志"维和英雄"荣誉称号，中共云南省委、云南省人民政府追授三名同志"和平卫士"荣誉称号。

午夜三轮车穿过我的忧伤

一辆三轮车缓缓驶过
穿过昏暗的灯光下的午夜
路旁的枝杈在幽怨地
自言着无序的不平

三轮车坦然地驶向
家的方向
车上的人悠哉地数着
时光里幸福的小日常
开心的微笑由衷地
从内心散发

树杈
幸福的绿色
俯视着
这该仰视的
一切来自身下的幸福

夜已央　时日长
一切平和的哀伤
竟如此过往

坚守与眺望

我们总是
从坚持到坚守

如果说坚持的是最初的
彼岸和脚下的路
以及前方更多的不可预见

我们会不会怀念
那些年月我们泼墨的青春
以及山坡拔节向阳的麦芒

如果坚守的是内心的
那一道光芒
宁静时光的祥和
以及更多的辽阔

我们眺望到的应该是
一朵干净的云
一片沙漠里的绿
抑或是河滩上渗水的脚印

那些白与黑的踌躇
无论是坚守还是眺望
都会被月光所洗涤

此　刻

阳光正好
心境在对面山野之上

放眼看去
池塘涟漪荡开的歌谣
枯萎的芦苇沉默寡言

云端浮游的牧笛
如一群孩童嬉闹的脚丫
穿越窗帘的背面
清风的吻在诗的起伏间

多好的时日
不与鸟鸣计较
不和树尖打扰

静静地坐在时光里

如桌上那团火焰般鲜红的石榴

此刻

幸福就是幸福

欢悦就是欢悦

普者黑

普者黑有荷花和三生三世
之前去过的人说

其实于我
有没有荷花真的不重要
我生性慵懒
就喜欢一个安静的午后
有阳光在着
有一杯茶满着
有一本心仪的书打开
在普者黑
就等于有满世界的荷花妖娆

我去的时候的确没有荷花
十一月份去
沿着一条泥土田埂路
随便走走

走着走着就遇到风景
不是不期而遇，也不是如约而至

很自然地拿出手机
各种角度拍摄
拍着拍着才反应过来
这是传说中的美景

十一月份
忽然有一片林子
在一汪清澈的水边
金黄金黄地美着
海市蜃楼般虚幻
让我失去平衡地追着光
就像三月散学早归的孩童
追着纸鸢
兴奋又单纯地开心

林子外敞亮的水面
一座有些旧得朴素的铺向水中的栈道
很突兀地出现
完全超出了我的预期

它安静得像清澈的水面
像阳光的波纹

十一月份普者黑肯定是没有荷花啦
也应该是没有三生三世
有一座陈旧的朴素的栈道的
这个普者黑已经足够让我怀念

去老山

去老山那天下着小雨
肯定要去但没想到是那天
去了，山高林密，时不时出现的弹坑
岁月治不愈的伤口

山顶雾气正浓
时光不居
没看见图片上描绘的山峦
仿佛硝烟还在
我只是一颗未射出的子弹

《再见吧！妈妈》
《小草》刻在石头上
《十五的月亮》谁家不圆

弹箱造型的凳子上
放着军绿色的垫子

来自浙江的解放军小战士
一脸的青春痘
扎着武装带，脚穿作战靴
倒了满满一杯老山茶
热气腾腾　放在阴雨天的
一个来缅怀瞻仰的
有着 23 年军龄的老兵面前

硝烟和雨丝
哪个更彻骨

热气和雾气
哪个更暖和

者阴山

者阴山就在辖区
有个遗址还在杨万分站

先去了者阴山下的长田小学
刚获全国优秀教师的
苗胞校长的校训
传承者阴精神
树立国门形象
从娃娃抓起

者阴山阳光正好
那台阶一级一级
向山顶匍匐
那位滚雷的英雄
那些写下"亏了我一个，幸福十亿人"的战士
我崇尚的军人
正在阳光里看到他们想要的

祖国的样子

吃饭时者阴山英雄连的战友也来了
一杯清茶共敬前辈

晚上我就住在分站
者阴山的指挥部
在者阴山的战斗声中
陪着英雄们《望星空》
展《血染的风采》
歌《热血颂》
在满天星辰中
我庆幸自己是其中平凡的一颗

眼中钉

昆明站的风口
一片茫然
我呆立、探寻、回望
脑袋空空如漠
只剩下白底

曾经的风华年少以及
行囊中的那些憧憬
被进站口任意吞噬
在出站口——消隐

在大厦间还剩几幢老楼
像一片绿茵中的枯杈
格格不入地刺眼

是该将其拔出
像眼中的钉

还是该将其镶进肉身
像指间的沙

总以为流出泪是因为风
我紧了紧寒冷的衣领
我的双手无处可去

风在跑，沿着铁轨

就像我的痛没有边界
白天始终朝向黑夜
还有什么比拥有更让人忧心

我朝我们的风景，只是你没有行程
一路上，风在左右
不停地奔跑，山的渴求的双翅
我的手心向上敞开
想抓住阳光的暖，以及湖水的柔
我的手里始终没有你的手
你的手里终归没有我

在铁轨与车轮的摩擦下
我的心在与呼吸激情碰撞
我的耳际一直留着
你想说的好听的话
却只有风声

一切假定的行程
像小草一样天真
行囊始终挂在墙上
目及之处一片虚无

读博尔赫斯

博尔赫斯的《密谋》，口授的《序言》
"如果这本包括四十来篇诗文的小书竟然没有潜藏一行足以
伴你一生的文字，那倒是咄咄怪事了。"

读完后，在
这个清晨的蒙眬觉醒中
我郑重写下日期和计时的时钟
记住那些字词中组合出的浩瀚的时空
或是直指眼前桌上灯光的柔弱和犀利

窗帘外面的夜白了
前面的黑不可预知地后退
回到曾经过往以及不值一提的骄傲
也平静得像突然凉下来的秋天
突然被一片落叶惊悚了的天空
只剩下岁月发黄的陈旧的证书

记载着那一次次的用力和暗劲

如同一首诗一个词语
在众多诗和词语中
需要我在工作之前早起
从一些或有梦或无梦的清晨回到他们中
打开、拥抱并用身体温暖
这些或生涩但蕴含广漠
或细微却力不从心的高度
才复活到我用心写下的
每一次清晨写下的记录的日期

体　味

又是一天的阳光　淡淡地在飞
没有时日能抵挡此刻的疏漏
正如飞翔的阳光忽然向山后坠落
一丝暗红一瞬消亡
我的视野无法囊括所有的痛
哪怕是丝毫的慌张后的镇定
也冲不淡一杯喝剩的茶
重新升腾的凉

舌尖太麻木　心尖太敏感
世事繁絮
呆滞的脚步在梦境跨越

追不上了，今天的昨天
明天的今天我在辽阔之外
所有的体味没有体验

黑铺了下来

黑在夜中上升
只剩下的那一点点光
在我还没来得及收拾的
白天带风的裤脚和
凌乱的鞋帮

在没有任何序幕的舞台
四面楚歌的灯光
没有预约的一刹那
把剧情中的角色
——卸妆

开始一场期许已久的朝圣
仿佛真的会
在俯身中——云消雾散

起床穿衣是在未睁眼的被子后面

一一对应的梦魇中
完成得一丝不苟

多想让黑铺下来
所有还来不及落幕的
缓缓如一匹老马的木辕
两行泥巴朝暮色的乡野
伸向长长的远方

父 亲

所有历经的山川
都是父亲的脊梁
托着我在上面牧云

遍野的山茶
都是父亲灿烂而饱满的笑
春风来之前我就虔诚地

早早地从山顶请回
供在绿油油的松毛地上

人工湖

灯光走向黑暗
湖才成湖
黑黝黝地浮在细微的波纹上

这时候，湖在上升
上升到我无法企及的
隐藏在暗处的夜

比夜更黑
的夜

又读博尔赫斯

"美是具体化的和谐，
是把微微的海风永远凝固在衣裾飘拂的皱褶上，
实现了不可能做到的事情。"
《地图册》的深邃让我再次感知语言的博大
和我的贫乏

美到绝望的美
绝望到美的绝望
这难道就是终极
我们无法抵达的企及

灯光在说

每一处书房的孤独
都是在书本没有打开之前

其实大多数时候如此
也有很多甚至更多的可能
我打了孤独的书本
没能找到作者提供的气息

还是那样的孤独
置身在灯光的眩晕里
抑或是永远也走不出的路口
在脚未进到鞋子前
我的勇气仍未能让我有丝毫的
出走的意念

往　事

往事是

时间败给曾经

无可奈何的虚幻

音乐声起

那些我精心选中的
都是曾经的和未来的海平面上的
旧桨、沙砾、礁石和远远的帆船
"坐你开的车，听你听的歌"
激情总是隐藏在最本质的日常

一条河流一种音乐声起
世上那么多河流在地图上或缓或急地
纵横交错，像老祖的手背布满的沧桑
每一种音乐声响都让我着迷、回忆、启迪和领悟

每一次黑夜的河流都经过我的生命
把一切过往都梳理得温顺熨帖

走过陌生的城

每一次的新奇都来自一座陌生的城
当他在我面前从一个高速路口
或者一个即将降落的航班窗口
甚至是一条蜿蜒的石头小径进入

开始是一个洗车场、一个小卖部
一个带有当地特点的人出现
继而逐步地展开、平铺、延伸
一切都是未曾经历的
又有些许熟悉的味道在空气中弥漫

牵手或未牵手的每一座陌生的城
陌生中透出的每一次丈量的脚步
和星系中渐行渐近的距离和重合
都会有更多的喜欢在未来的体验中

出　行

每一次出走的光景
都意味着美妙的永恒
从黄昏开始
消失、孕育、挣扎
直到星光从远山升高

直到一首歌曲穿透混沌的夜
一次箫觥声响唤醒梦的乐音
清晨在地平线的尽头随新一天来到的阳光
而又一次出行